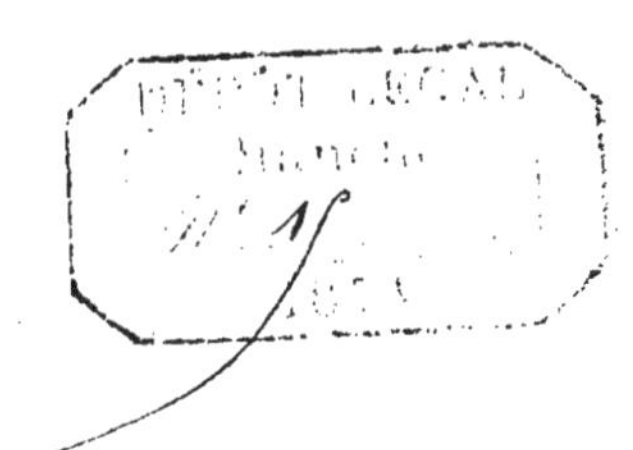

UNE VOIX

SORTANT

DES TOMBEAUX

PAR

Barthélemy MESTREL.

CHERBOURG
IMPRIMERIE TYP. & LITH. DE CH. FEUARDENT.
1871.

PRÉFACE.

Etant bien persuadé que c'est de la fausse interprétation des doctrines, des systèmes et des principes que viennent ordinairement la plupart des maux qui accablent tour-à-tour les peuples, je vais, de suite, au plus vite et en raccourci, le démontrer.

Il y a, je le sais, beaucoup à dire de tous les côtés au sujet du manque d'instruction, mais je n'hésite pas à reconnaître ici, comme partout ailleurs, que la cause précitée est la plus grande de toutes celles qui contribuent à mettre les nations dans la cruelle alternative dans laquelle elles ont toutes le malheur de se trouver; c'est ce qui est démontré ci-contre, et qu'il ne sera pas difficile même au moins érudits qui le liront ou qui l'entendront lire, de reconnaître et de bien comprendre.

LE SOCIALISME

« Il n'est aucun mot dont on ait plus abusé et dont
» on abuse plus, aujourd'hui surtout, que celui de *so-*
» *cialisme.* Il importe donc avant tout de le définir
» clairement. »

« Charles CHEVÉ. »

Ce qui est dit ci-dessus n'est malheureusement que trop vrai; je dis malheureusement car les abus en question ont occasionné et occasionnent encore chaque jour de bien grands malheurs :

Le mot socialisme dont nous parle l'honorable M. Chevé, et dont il est souvent parlé dans les diverses classes de la société n'émane pas, tel que beaucoup de personnes le croient d'une combinaison ou d'un système humain; il ressort de l'état primitif des choses; et c'est de cet état, autrement dit, du système social établi par l'auteur universel qu'il émane, et qu'il prend le caractère qu'on lui attribue :

Il consacre des libertés et des droits égaux pour tous les hommes; et par suite, et sans aucune émission de voix, de vote ou de principe, la réalisation des idées, des aspirations et des vœux réalisables.

Tous les hommes ayant un degré quelconque d'intelligence le reconnaissent.

Ils reconnaissent également qu'il n'a pu en être ainsi à partir du jour où on s'est avisé de partager la terre et de former des gouvernements et des lois secondaires. Ils savent qu'à partir de ce moment, les aspirations et les veux de chaque fraction de l'ancienne société ont dû et doivent, avant leur réalisation, être soumis, discutés, votés et résolus d'une façon quelconque, et d'une manière jugée convenable par les intéressés aptes à en juger, et cela sous peine de prévarication.

Ils savent que ceux qui, en dernier ressort, sont appelés à porter ou à faire exécuter le jugement en question, ne peuvent, à leur tour, sous peine d'une égale prévarication se retourner contre leur principe, qui est, et qui doit être d'obtempérer aux vœux du plus grand nombre.

Ils savent que le pouvoir usurpé contre la volonté du peuple est un crime de haute trahison.

Ils savent que le pouvoir exercé contre et malgré les protestations du peuple est le même crime que ci-dessus.

Ils savent qu'il n'y a pas de droits contre le droit, et que les mandataires qui se permettent de conférer à d'autres des pouvoirs qu'il n'appartient qu'au peuple de conférer, commettent un crime de lèse-nation.

Ils savent que les délégués qui violent les droits, les libertés, ou les volontés de ceux qui leur ont mis le pouvoir en main sont des intrus et des furieux auxquels il faut s'empresser de donner un frein.

Ils savent que les représentants qui laissent violer ou qui font violer par d'autres les droits, les libertés ou les volontés de ceux qu'ils ont la charge de représenter, sont indignes du poste qu'ils occupent, et qu'ils doivent être destitués et châtiés.

Ils savent que deux ou un plus grand nombre de pouvoirs réunis ou s'entendant ensemble pour agir contre les droits ou les vœux du peuple, sont des criminels, et qu'ils sont également coupables.

Ils savent que ceux qui ont la mission de défendre le peuple et qui, à tort et au lieu de le défendre le laissent ou le font eux-mêmes massacrer commettent un crime de lèse-humanité.

Ils savent que le chef de l'État doit être considéré comme un père de famille... que lui-même doit se considérer comme tel; qu'il doit traiter tous les membres de son immense famille d'une égale façon, et qu'au besoin il doit être leur conciliateur... Ils savent qu'ils peuvent avoir le tort de s'armer les uns contre les autres, mais qu'il doit employer auprès d'eux tous les moyens de conciliation en son pouvoir.

Ils savent que les moyens extrêmes sont presque toujours barbares.....

Ils savent que le jour où le gouvernement de la défense nationale a évoqué le vote des électeurs pour combattre ses ennemis, il a, en accomplissant un grand devoir, épargné des flots de sang, conservé Paris et satisfait aux vœux de la nation....

Ils savent, de plus, les hommes intelligents, qu'il y aurait un bien grand avantage pour chacun et pour tous, à se mettre d'accord sur la forme essentielle du gouvernement à adopter; mais, par le plus grand des malheurs,mais par le plus inconcevable des hasards il est arrivé que des hommes impossibles à décrire, des monstres peut-être,que sais-je,ont osé prétendre, qu'ils relevaient de la divinité plus particulièrement que les autres hommes,que Dieu les avait mis au monde pour commander à tous lesautres.... et de plus, pour disposer à leur gré de tous les biens !!! Et, par un effet bien plus inconcevable et bien plus extraordinaire encore, il s'est trouvé des millions d'individus qui ont dit comeux !!! et qui se sont battus comme des moutons frais tondus... pour ne pas dire comme des lions, contre ceux qui prétendaient qu'il y avait crime et ânerie à soutenir ou à croire de pareilles faussetés.....

Mais qui donc pourra faire concevoir aux générations futures l'audace des vampires en question, et surtout,mais surtout le délire, la crédulité ou l'errenr des millions d'hommes qui ont égorgé des nombres non moins grands de leurs frères pour défendre leur infernale cause?.....

Le fera qui pourra, quant à moi j'y renonce.

Il me suffit, pour remplir la courte tâche que je me suis imposée, d'ajouter que les hommes de cœur qui, de tout temps, ont eu à lutter contre les violateurs de leurs droits et de leurs libertés ont renouvelé et pri pour devise le mot socialisme ! et qu'enfin et en dernier ressort, il est pour les socialistes avoués, le symbole de ceux qui, tout en n'acceptant pas le communisme proprement dit, ont le grand bon sens de n'admettre pour les gouverner, ni roi ni empereur, et qui par des réformes ou des moyens consentis entre la société et l'Etat, et non par l'omnipotence de ce dernier, et non sans un contrôle bien établi, tendent à généraliser librement les associations, les pouvoirs et la propriété, et à réaliser la plus grande somme possible de bien-être pour tous les associés...

Voilà ce qu'est, ce que comporte et ce que signifie le mot socialisme; et ce que veulent ceux qui sont bien pénétrés de la mission et du devoir qu'ils ont de défendre leurs droits et leurs libertés : contre ceux qui sont assez impudents ou assez téméraires pour en abuser ou les violer.

Les hommes qui n'aiment pas le progrès et qui ont de l'intérêt à tout confondre, ont le tort, pour ne pas dire la mauvaise foi, de prôner partout que le socialisme et le communisme ne sont qu'une seule et même chose, ou bien qu'ils se ressemblent. Et cependant il y a une très-grande différence; il ne suffirait pour le prouver que de mettre leurs partisans aux prises les uns contre les autres. Il est bien vrai qu'ils se reconnaissent les mêmes droits dans la société, ce qui du reste est incontestable, et qu'ils usent des mêmes arguments pour les conserver ou pour en obtenir la jouissance, mais leurs moyens et leur but sont différents, bien que d'une part comme de l'autre, ils tendent à détruire la misère.

Beaucoup de personnes ont eu, à leur tour, le tort de croire, sans le moindre examen, les brouillons dont il vient d'être parlé. Un autre nombre a pensé, et d'autres ont cru de bonne foi que le renouvellement du mot socialisme, était, en effet une protestation contre le démembrement ou la répartition du sol par les sociétés diverses, ou entre chacune d'elles, dans le but de le remettre en commun, ou pour en faire une nouvelle répartition, mais il n'en est rien.

D'autres ont donné à entendre qu'il était l'appel à une reconnaissance tacite, morale, verbale ou écrite, de droits imaginaires, ou n'ayant aucune raison d'être.

Eh bien, toutes ces interprétations sont autant de faussetés, d'abus ou d'erreurs. J'en appelle pour le confirmer ou le prouver, à toutes les personnes sensées qui ont ce mot pour devise.

Non, il ne signifie rien de tout cela le mot socialisme : il ne signifie que ce qui est dit ci-avant. Et c'est, et ce n'est que de la manière que celà vient également d'être démontré, que les hommes qui s'appellent et que l'on appelle socialistes entendent l'économie politique.

Mais continuons, soyons justes et disons plus : Tout individu qui fait partie de la société humaine est socialiste, autrement dit social ou de la société, et il ne peut en être autrement : Il ne peut en être autrement, car il ne saurait se soustraire au nom qui en dérive.

L'auteur de ce grand système a, je le répète, consacré des libertés et des droits égaux pour tous les membres de son immense famille; ceux qui sont intelligents le savent, le comprennent, et ils ne veulent assurément pas en revenir à ce système pur et simple; ils comprennent également qu'il ne leur serait pas favorable, et que, de plus, celà leur serait impossible. Ils ne demandent pas non plus à ce que l'on admette des libertés qui dans toute l'acception du mot ressembleraient à celles que comporte ce système; leur grande et unique aspiration est, sous ce rapport, un gouvernement qui leur en assure la jouissance dans une proportion équitable, légalement et délicatement choisie : Ce gouvernement est la République, que par extention et sans doute pour rappeler l'origine de leurs droits, autrement dit des droits naturels, ils appellent démocratique et sociale.

Partant de ce point, et en croyant devoir conserver

un nom qui ne souffre d'exception pour personne, les socialistes, puisqu'ils tiennent à s'appeler ainsi, veulent que leur gouvernement ne souffre pas d'avantage d'exception dans ses lois. Ils repoussent la monarchie, pour ne pas dire l'anarchie, pour une infinité de raisons, mais surtout, mais particulièrement parce que dans ce gouvernement là, les chefs rois ou empeerurs, ne sont soumis à rien et n'écoutent que leurs caprices...

Ils ont toujours voulu être au-dessus des lois... et malheureusement pour les peuples qui ont eu le tort de les endurer, ils n'ont que trop bien réussi.

En somme donc, la tendance, les aspirations et les vœux de ceux qui se disent et que l'on appelle socialistes bien qu'ils ne le soient pas plus que tous ceux qui ne croient pasl'ê tre, ont pour but, non-seulement et tel que le disait dernièrement un écrivain des plus sincères, M. Chevé, ils ont pour but, dis-je, non-seulement « une réforme améliorant le sort de la » classe la plus nombreuse et la plus déshéritée, » celle des travailleurs industrirls ou agricoles, » mais encore d'assurer, par des moyens conventionnels, et par là même légaux, le bien-être de tous les membres de la société dont ils font partie, tandis que les rois et lẽs empereurs, n'ont jamais voulu assurer que le leur, et celui de quelques familles ou classes privilégiées !....

Peu de personnes ignorent cette triste et dernière vérité, néanmoins je crois devoir en donner ici quelques exemples, et de ce qui touche la France de plus près.

Je vais commencer par les rois, n'en déplaise aux empereurs, qui, comme eux et de toutes les manières ont méconnu et violé les droits des peuples.

Une partie de ce que je vais rapporter ici n'est pas nouveau; il figure dans maintes histoires; et encore dernièrement l'honorable écrivain dont il est parlé ci-avant, le rappelait à juste titre dans son journal :en traitant le même sujet.

Il n'est pas long le passage, mais... Lisez plutôt, le voici :

Au XIVe siècle le Roi Richard II d'Angleterre se déclara « le maître des propriétés de ses sujets. »

Le principe de ce fou, roi de l'autre côté de la Manche est formulé par Louis XIII dans le code Marillac, par Louis XIV dans son édit d'août 1692 et dans ses instructions à son fils où il dit :

« Les rois sont nés pour posséder tout. Tout ce » qui se trouve dans l'étendue de nos Etats, de quel» que nature qu'il soit, nous appartient au même » titre. Les rois ont naturellement la disposition pleine « et entière de tous les biens, etc »

Le même vieux roi, pour ne pas dire despote, disait encore : « L'Etat c'est moi. »

Et bien, lecteurs. trouvez-vous que c'est assez pour les rois et pour les époques en question, oui, n'est-ce pas?

Vous figurez-vous, croyez-vous maintenant, que depuis comme avant ces rois éhontés, d'autres monarques rois ou empereurs, aient pu être assez fous et assez scélérats pour avoir eu des prétentions sinon égales, au moins basées sur des principes équivalents?...

Pour moi, poser la question c'est la résoudre. Et ma foi, je crois que vous serez de mon avis : Les millions qu'ils se font verser chaque fois que cela leur plaît, tant pour eux que pour ceux qui leur plaisent encore, suffisent bien, ce me semble, pour fixer notre opinion à tous sur ce point important.

Je voudrais bien m'arrêter là, vous ayant d'abord promis de ne vous entretenir que le moins possible de ce navrant sujet, mais que voyons-nous encore aujourd'hui, après que l'un d'eux n'a pas craint de mettre notre douloureuse et bien-aimée patrie dans le triste état où elle se trouve?....

C'est un prince !... C'est Henri V !... C'est le parent, c'est le descendant du fameux Louis XIV... et de ces autres rois qui tour-à-tour ont rendu nos pères malheureux, esclaves ... qui vient d'adresser une proclamation à un de ses amis de l'Assemblée nationale en l'engageant à la communiquer aux Français, et dans laquelle on lit les mots que voici : « Je suis le » droit, je suis l'ordre, je suis la réforme, je suis le » fondé de pouvoirs nécessaire pour remettre en sa » place ce qui n'y est pas, et gouverner avec la » justice et les lois. »

Mais, pourquoi ne dit-il pas de suite, ce prince, et comme ses ancêtres, qu'il est l'Etat et que tout lui appartient ?... En vérité ce ne serait guère plus étrange.

Est-ce que le dédain, est-ce que le mépris sont les seules armes qu'il convient d'employer contre des prétentions aussi erronées et aussi exorbitantes que toutes celles que l'on vient de lire ?... Est-ce que les peuples doivent simplement garder le silence ou s'incliner en avalant ces doses successives de ciguë enfin ?...

Non, cela ne doit pas être, il y aurait lâcheté et péril. Ils doivent, dans ces sortes de cas, protester de toutes les manières, autrement dit, par la parole, par la plume et par la voix : la voix sociale ou de toutes les nations...

Elle est là ! la grande voix sociale... la voilà qui crie !... Ne l'entendez-vous pas, rois et empereurs ?

C'est-elle qui vous répond et qui vous répète : » Vous avez violé les droits et les libertés des peu- » ples. . . Vous avez jusqu'à tenté d'en étouffer les » germes, mais vous ne l'avez pu... mais vous ne » m'étoufferez pas non plus, moi ... »

C'est elle qui s'élève et qui crie sans cesse et partout : « La terre est l'apanage naturel de tous les » peuples.... et non seulement et non simplement » le vôtre : cela est mentionné dans le code de la na- » ture... si vous ne l'y voyez pas, vous êtes des » aveugles... et si vous l'y voyez, vous êtes des

» imposteurs.... vous mentez à l'univers.... » Et quand, pour étouffer le germe de ce droit qui appartient à tous les hommes, vous appelez utopistes, pour ne plus dire socialistes, les citoyens honnêtes et intelligents qni protestent contre vos usurpations, vos lâchetés et vos infamies, vous mentez au monde et à votre conscience....

Oh ! êtres infernaux, combien de maux n'avez-vous pas causés à l'humanité....

Et vous, princes ! écoutez, voici ce qu'elle vous crie, la grande voix en question : « Le gouvernement » de la nation par la nation est le seul qui mérite nos » sympathies, et qu'il nous convient d'avoir et d'ad» mettre. C'estla République que nous voulons et » non ce qu'il pourrait vous plaire de nous impo» ser ou de nous ravir... »

Mais, écoutez encore, princes, rois et empereurs, voici une nouvelle voix !.... Oui, écoutez-bien, elle sort des tombeaux celle-là !... et elle est mêlée d'accents de femmes et d'enfants !... sans doute écrasés ou brûlés sous leurs toits !... par vos ordres !!!

Elle est effrayante, écoutez, la voilà qui crie :

« Arrêtez, monarques insensés, le Dieu que vous » semblez adorer si hypocritement, ne nous a pas » fait naître pour être enterrés vivants par vos féro» ces soldats..... »

CE QUE C'EST QU'UN ROI.

» Puisque le sang coule à flots sans qu'on puisse l'arrêter; puisque, sourds aux appels de la raison et du patriotisme, les hommes de Versailles et de Paris continuent à faire égorger les frères par les frères, nous tâcherons du moins, dans la mesure de nos forces, de prévenir les nombreux malheurs dont la patrie est menacée; nous ferons tous nos efforts pour empêcher qu'aux calamités de la guerre civile vienne se joindre une calamité plus grande encore, la restauration d'un roi! »

« Un roi! si les Français comprenaient bien ce que c'est qu'un roi, plutôt que de laisser rétablir la royauté ils se feraient tous tuer jusqu'au dernier.»

« Un roi, c'est un homme, qui, parce qu'il fait à lui seul plus de mal que tout le monde, se fait payer cinquante millions par année et vole deux fois plus.»

« Un roi, c'est un homme qui dispose en maître absolu de la fortune, de l'honneur, de la vie d'un peuple. Et pour celà, quels sont ses titres! Aveuglé par l'ambition, il est toujours inintelligent ou fou : corrompu par les flatteurs. Il est toujours plus immoral que le dernier de ses sujets.»

« Un roi, c'est un homme qui gorge d'or ses amis, ses valets, ses maîtresses, qui emprisonne, exile, ou fait périr tous ceux qui lui déplaisent ou qui sont assez audacieux pour ne pas l'admirer.»

« Un roi, c'est un homme qui pour un caprice

fera pleurer un millier de mères, couvrira de cadavres de vastes étendues de pays, déshonorera et ruinera à jamais un peuple. »

« Un roi c'est le dernire reste de la barbarie et de l'esclavage, l'adversaire acharne du progrès et de la civilisation : Le roi, c'est l'cnnemi. »

« Le roi c'est la guerre à perpétuité; mais les rois sans leur sotte ambition, sans leurs folles querelles, la guerre n'cxisterait plus. »

« Le roi, c'est la révolution en permanence; sans les rois, sans leurs cruautés et leurs injustices, les peuples vivraient en paix sans autre souci que de travailler à leur grandeur et à leur prospérité. »

« Le roi c'est tôt ou tard le désastre, l'invasion; c'est 1815. c'est 1871. »

« A ceux qui seraient assez osés pour imputer à la République les effroyables malheurs dont nous sommes aujourd'hui accablés, disons hardiment qu-ils en ont menti. »

« Ce n'est pas la République qui a fait la guerre contre la Prusse; la République répudie toute guerre de conquêtes. La République a ramassé la France qui expirait honteusement dans la boue de Sedan; elle l'a ranimée, l'a remise sur ses pieds; elle lui a donné un nouveau courage, une nouvelle énergie et si la France n'avait pas été énervée par les vingt ans d'esclavage impérial' la République l'aurait sauvée. »

« Ce n'est pas la République qui est actuellement cause de la guerre civile; ce sont les candidats au trône, les souteneurs de rois, s'il n'y avait eu ni d'Orléans ni Bourbons, il n'y aurait eu ni complots ni trames contre la République, et la France serait aujourd'hui calme et tranquille. »

« Louis Girod : (journal la liberté.) »

LE COMMUNISME

D'après les statuts et les règles présentés par maints communistes, leur but principal serait de mettre le sol à la disposition de l'Etat, qui l'exploiterait au profit de tous, ou ce qui revient au même de rendre communs entre toutes les personnes faisant partie de la société, tous les terrains existants dans les domaines ou limites de la communauté, autrement dit de la contrée et de répartir équitablement entre elles tous les bénéfices, plus les charges communes. En outre, d'accorder à chacun le droit de libre pensée, de libre parole et de libre action, le droit à la famille et à l'enseignement.

D'après cette forme de gouvernement, le fond commun qui comprend la terre est indivisible, le fruit ou produit seul, doit être partagé entre toutes les personnes valides ou invalides, capables ou incapables de travailler, sans privilége ni réserve aucune, en faveur de personne, et sans égard à la diversité providentielle des capacités ou des aptitudes individuelles, ensuite chaque membre ou participant est tenu d'apporter scrupuleusement tout ce qu'il possède d'intelligence et de forces en dédommagement et échange des avantages que la société lui procure.

En somme, le système de la communauté est, toujours d'après les statuts des communistes, pour chacun et pour tous, la jouissance des droits naturels, matériels et moraux, plus, l'obligation rigoureuse de s'utiliser suivant ses facultés au service de l'intérêt général.

Ce système aurait l'avantage d'épargner de bien grands maux et de bien grandes misères aux invalides sans fortune, mais la société ne pourrait-elle subvenir à leurs besoins et alléger leurs maux que par ce rare système qui, dans ma conviction, présente les plus grands inconvénients pour les personnes valides? C'est ce que nous examinerons plus tard ; en attendant, je vais en faire ressortir les principaux inconvénients.

Je ne parlerai point de la licence que pourrait produire un semblable système, ni des peines qu'il faudrait infliger pour le former et le maintenir ; je ne parlerai point non plus des nombreuses émigrations et des pertes considérables qu'il pourrait occasionner dans la contrée qui serait assez téméraire pour l'adopter, ni d'un envahissement presque certain par les puissances voisines, je me bornerai à faire ressortir les autres inconvénients que j'y trouve.

INCONVÉNIENTS DU COMMUNISME.

Le premier inconvénient du communisme, je le trouve dans la forme ou constitution même de ce gouvernement, qui, en subordonnant en tout le droit individuel au droit social, fait que, chaque fois qu'il y a raison d'intérêt collectif, il substitue l'action sociale à l'action particulière ; ce qui revient à dire qu'en mettant ses membres dans l'obligation rigoureuse de ne pouvoir s'utiliser qu'au service de l'intérêt commun, il les empêche de disposer à leur gré même, très-honnêtement de leurs propres facultés, et il les en empêche, d'autant plus que cette forme de gouvernement n'admet de raison, et, par conséquent d'action que celle de l'intérêt général et commun. De sorte qu'au lieu d'accorder à chacun la jouissance de tous les droits et de toutes les libertés imaginables, tels que semblent le dire et le promettre les communistes dans leurs écrits, les hommes, au contraire ne pourraient pas disposer de leurs droits mêmes les plus légitimes : de leurs propres facultés !

Le deuxième inconvénient serait la négligence ou l'insouciance des uns et la paresse des autres pour le travail et le bien-être commun, ce qui, à n'en pas douter ne manquerait pas de décourager ceux qui seraient vigilants et laborieux.

Le troisième inconvénient serait, le mauvais vouloir de certaines personnes, et peut-être y en aurait-il un grand nombre, qui n'admettant pas cette forme de gouvernement ne voudraient pas travailler du tout ou ne travailleraient que malgré elles; or, dans ce dernier cas, par exemple, je demande quel fruit produirait leur travail à la société ? Forcer les uns à travailler malgré eux, serait pour les autres une sujétion continuelle, et parsuite un sujet de trouble et de discorde pour la société.

Il est clair, enfin, que la diversité des opinions seule suffirait pour ne pouvoir vivre en paix sous cette forme de gouvernement, condition nécessaire et indispensable pour obtenir la véritable liberté, à laquelle chacun a le droit d'aspirer et de prétendre.

J'entends par la véritable liberté : 1° la possession exclusive de soi-même ; 2° le juste et tranquille emploi de ses facultés physiques et morales ; 3° l'honnête et paisible jouissance du fruit de ses travaux, de celui de ses pères ou parents qui ne sont plus, et en un mot celle de tous les droits et biens légitimement acquis.

« La liberté, dit Monsieur Grandcour, n'est pas un pêle-mêle général de tous les droits et de tous les intérêts; ce n'est pas un arbitraire indéfini dans les rapports sociaux, c'est, au contraire, l'usage bien compris de ce qui est juste, utile et honnête, c'est la possibilité de faire ce qui est convenable. »

« La liberté, dit Monsieur Bossange, n'existe que par la justice, ne s'obtient que par la soumission aux lois, et ne se conserve que par l'observation de ses devoirs. »

DES SOCIÉTÉS OU COMMUNAUTÉS ORDINAIRES

J'approuve tout gouvernement qui permet et protége les associations honnêtes consenties entre ses membres, et je l'approuve d'autant plus que ces associations étant formées volontairement par l'union et le bon accord des parties intéressées qui les forment, elles ne peuvent, par ce moyen, et pour la plupart, produire que de bons résultats, pour elles et pour la société; mais, plus j'approuve ces sortes d'associations, plus je les trouve bonnes, justes, raisonnables, plus je les trouverais mauvaises, injustes, et déraisonnables pour ne pas dire absurdes, si elles étaient imposées à une partie des sociétaires qui en feraient perdre le fruit en les troublant.

Et encore parmi les sociétés ou communautés libres qui, le plus souvent ne sont formées que pour un temps, combien n'en voit-on pas qui sont forcées de se dissoudre avant le terme qu'elles s'étaient fixé, par la mésintelligence et le désaccord de leurs parties, qui, le plus ordinairement, ne se séparent que par des chicanes et des procès.

Mais, sans nous arrêter plus longtemps à ces sortes de sociétés donnons, en passant, un coup d'oeil sur la famille qui est la plus ancienne et, par conséquent la mère de toutes les autres sociétés, et nous verrons par elle, que la chose proposée est impossible pour une nation.

DE LA FAMILLE.

Quelle société par exemple, pourrait être plus capable et surtout plus digne sous tous les rapports de vivre en communauté que la famille ? et, cependant, combien de familles n'ont pas essayé d'y vivre et n'ont pu y parvenir ? et combien n'en voit-on pas encore tous les jours qui ne peuvent continuer d'y vivre et sont forcées de se partager, malgré que la nature semblait d'abord les avoir unies pour toujours? combien de gens mariés, qui, bien qu'étant unis par l'amour, par la parenté, par les lois et par les voies les plus légitimes, ne se séparent pas par rapport au mauvais accord qui survient dans leur petite communauté? combien de jeunes gens même ne voit-on pas chaque jour abandonner la communauté de leurs parents, et pourtant, quelle communauté, quelle société, pourrait être généralement plus douce et plus convenable que celle d'un bon père et d'une bonne mère de famille? Pourquoi voit-on des pères et des mères qui, après avoir pris ou cru prendre (qui ne se trompent du reste) les meilleurs mesures pour élever leurs enfants, et leur avoir donné la même nourrice, les mêmes soins, les mêmes instituteurs, la même éducation, les mêmes exemples et la même direction en tout, pourquoi dis-je s'en trouve-t il parmi ces enfants, qui sont bons, sages et soumis, en tout ce qui est juste et raisonnable, qui s'attachent pour la vie à leurs parents, et que d'autres, au contraire, deviennent rebelles, méchants, ne peuvent ou ne veulent vivre avec eux et les abandonnent pour toujours? quoi de plus vrai que cette chose, et quoi de plus incompatible pour une communauté?

Il n'est pas rare de voir les parents de ces enfants sages et de ces enfants rebelles se voir eux-mêmes dans la nécessité de les partager, de les éloigner les uns des autres, à cause du désaccord qui existe entre-eux. Que dis-je, il n'est pas rare même de voir de bonnes gens d'un très bon caractère ne pouvoir s'accorder, vu l'incohérence de leurs opinions.

Combien de sociétés et de communautés semblables ou à peu près semblables à celles qui viennent d'être citées ne pourrait-on pas encore citer, et dont le seul remède pour les faire vivre tranquilles est de les dissoudre par la justice quand elles ne peuvent se dissoudre elles-mêmes ?

Or donc, quand des personnes alliées, unies ou formées en communauté par le sang, par l'amour, par la parenté, par les lois, par la famille et en un mot par les liens les plus sacrés de la nature, se voient pour ainsi dire forcées par cette même nature d'abandonner ou dissoudre une communauté qu'elle semblait avoir formée pour toujours, comment voudrait-on qu'une nation composée d'éléments également dissolvants pût se maintenir en communauté ?

En vérité il faut avoir bien peu connaissance des hommes et des choses pour en venir à cet excès d'erreurs.

Il est sinon évident, au moins vraisemblable que, d'après tout ce qu'il est facile de prévoir, on ne pourrait établir ce système chez un peuple civilisé, intelligent et libre, sans rencontrer la plus vive opposition de la plupart de ce peuple. Il serait impossible enfin de le former, non-senlement sans occasionner le plus horrible et le plus épouvantable fracas à la société, c'est-à-dire au peuple, à l'humanité, mais encore de le former de manière à pouvoir vivre libre et tranquille une fois formé... et peut-être même un seul jour !... Or, comme le bonheur est la seule chose à laquelle nous devons aspirer, que le trouble continuel est un obstacle pour y parvenir, que sans la paix et la liberté l'homme ne peut vivre heureux sur la terre, il est de la plus grande importance pour les communistes eux-mêmes de ne plus songer à ce système de destruction... et pour eux et pour leurs semblables !!!

Et puis, qui pourrait répondre qu'après s'être ainsi constitué, un peuple ne rencontrerait pas pour le gouverner un ambitieux ou un tyran qui voudrait disposer à son gré ou à son profit du domaine commun ?....

Qui pourrait se refuser à croire qu'un nouveau Napoléon se trouvant en tête de l'État pourrait, à l'aide d'autres traitres, le reconstituer d'une toute autre façon, pire encore que la première... voire même en dehors de toute règle et de tout espoir?....

Mais encore, mais avant tout, comment faire comprendre à une nation entière qu'il y aurait de l'avantage pour elle à aliéner sa liberté plus qu'elle ne l'est déjà et à déranger ainsi toutes les choses ?... Pour la première venue comme pour toutes, le communisme est un abîme!... qu'aucune d'elles ne consentira jamais à franchir....

Ah ! elles sont bien belles, bien humaines les théories communistes ... mais hélas ! combien n'ont-elles pas déjà fait verser de larmes et de sang ! ! ! Oh ! Jesus.... oh ! Chrétiens.... qui le sait mieux que vous....

REMARQUES.

J'ai démontré plus haut que le socialisme est inhérent à la nature, qu'il est le lien qui rattache les membres de la famille humaine, et qu'il durera aussi longtemps que durera cette dernière. Mais quant au système de la communauté proprement dit, de la communauté organisée dans le sens que je viens également de le démontrer, qu pourrait affirmer qu'il a existé, qu'il existe, ou même qu'il y a apparence qu'il pourra exister quelquefois ?

Il résulte des recherches qui ont été faites à ce sujet qu'il n'y a de traces de ce système qu'en théorie... ou bien en pratique, mais, dans quelques bourgades ou maisons seulement. Et tout porte à croire, qu'à l'avenir, il n'en sera pas autrement.

Il résulte des mêmes recherches que presque partout où les partisans de ce système ont voulu le faire accepter à leur nation, le sang a coulé à flots... chose dont à l'avenir on devrait bien tenir compte. N'est-il pas temps, grand Dieu ! que les entreprises ou les systèmes qui ont occasionné tant d'affreux malheurs à l'humanité soient abandonnés ?....

De deux choses l'une : il faut abandonner les doctrines monarchiques et communistes ou se voir continuellement exposés à s'entr'égorger....

www.ingramcontent.com/pod-product-compliance
Ingram Content Group UK Ltd.
Pitfield, Milton Keynes, MK11 3LW, UK
UKHW012130240726
13965UKWH00005B/2095

9 782013 039017